島語

凌性傑

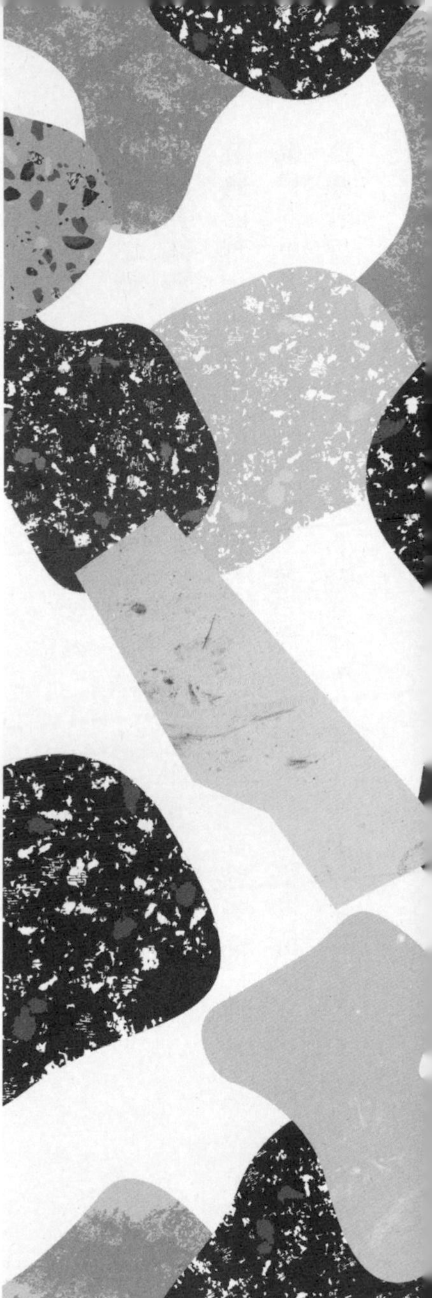

推薦序

吸吮南方的回聲

楊佳嫻

《島語》是相當自我的詩集，札記體「高雄小情書」系列開場後，間雜長詩與短詩，還仍保留相當數量可能被視為「非詩」、「類詩」的作品，不太像一般詩集編排。詩經過留白、跳躍等處理，本就具有相當的隱藏性，然而，札記之類的文體卻是以破碎低結構模擬心思的游走閃現，反而生出一份真實。二者看似互斥，其實在本書中卻頗具參差互補的趣味，我想這份駁雜感是性傑刻意留存的。

再者，過往閱讀性傑的詩與散文，他總能留意那些小美好，追問幸福的蹤跡，不吝於從荒地蔓草中捧出光來，溫暖讀者。《島語》卻有另一個重要主題，排序更在「美好」和「幸福」之上，即是「高雄」，「高雄」才是這部詩集出現最多次的名詞。高雄是遠望與歸返的目標，抒情與用事的來源，他寫詩給大貝湖、仁武烏林村、雄中、義大世界摩天輪，行旅在外，就寫信給家鄉；性傑被視為高雄代表作家之一，他大方地把寫給高雄的「公車詩」、「石鼓詩」、「世運詩」也都收錄進來。在他筆下，高雄有蓬勃華美，也難免荒蕪蕭條，無常與有常都值得。《島語》讓我倍感親切，讀到了屬於南方家鄉的五十道光，五十道陰影。

對家鄉黏著，並未使《島語》就此固定，反而能在當中讀到許多移動痕跡。例如，「高雄小情書」一半是人在異地「寄往高雄」的，「公車上」、「過府城」、「車過關渡大橋」、「南下高鐵」、「台北捷運車廂內有感」等，從題目就可以感受到日常風塵。事實上，性傑從學生時代到中學老師生涯，確實也常在移動的路途上，從高雄到台北，再到嘉義，再到花蓮、台東，再到台北，都不是過客，而是札札實實培養出住民的情感；這些，從他的詩裡，也可以窺見一點風景與心情。

而由於我手上拿到的是尚未排版的詩集底稿，可看到相當數量作品都標上了「未發表」；這些「未發表」的詩，像珠寶私藏，保守那些未必要被立刻讀到、值得沉澱的質地。例如〈潛行者〉哀悼憂鬱自戕者：「我想知道現在，你那邊有沒有時間／

有沒有一個堅固的房間？有沒有一種姿勢最適合睡眠？」，〈北海岸〉書寫不可能的期待：「我們手無寸鐵的等待……我們的婚宴，只想要／一個太陽，一個月亮／彼此在世界中擁抱」，〈完全黑暗的心〉像一則短短的禱文：

脫下變得破舊的一顆心
以後就什麼都不怕了

只是擔心突然的壞運氣
生命敗給那些黑東西

還有〈你說的悲傷都已經過時了〉彷彿終於在往事溶解的水聲裡原諒了：

無人能敵的歌聲中
可以坦然地對不起
　自己

這份「坦然」，其實不無惆悵，畢竟「過時」就是告別。最後，可以只記住清純的光色，〈讓我與你同去〉裡說的，「樹林中的白色小屋／鈴鐺花的聲音開滿」。

最後，想提一提〈愛的教育〉這首詩。也在「未發表」之列。性傑長於男校，之後又到男校任教，跟男孩們無比親近（想想那部燥熱又清涼的《男孩路》），我喜歡開首二句，像永恆的長兄——

給他釣竿而不給他魚

給他星光也給他神祕

長年來性傑不吝於分享教學現場的種種感悟，願以文學渡引青澀的身與心到另一岸開闊處，讓他們無論日後走往何處，都有一處祕密船屋可以躲藏，可以鎮魂——昔時在熱風吹拂的南方，建國路上男孩中學裡，也有人這樣渡他，他也這樣渡自身過迷津吧？興許這也是學文學的我們，報答世界的一種方式。

◎題目改自本書〈夏至二章〉詩句「吸吮世界的回聲」。

自序

命運的指針

這個房間寬敞嗎？那個閣樓是否雜亂？這個角落暖不暖和？光線從哪裡來？在這些零零落落的空間中，存有者又如何得到寧靜？在孤寂地作日夢的時候，他如何品味各種僻靜角落的特有寧靜？

我們藉由重新活在受庇護的記憶中，讓自己感到舒服。

——加斯東．巴舍拉，《空間詩學》

二〇〇八年春天，《海誓》詩集由松濤文社出版。因為某些不願告人的理由，首刷售罄之後即斷版，寧願它星沉海底，如此才不致成為我繼續往前走的負累。或許正是覺得那些感情經驗無可告人，寫出來不過是自說自話而已，跟自己交代過一遍，也就已經足夠了。此後，寫詩的心情似乎都是在跟《海誓》道別，跟種種已經熟稔的敘述方式說再見。

近來漸漸察覺，情緒高漲時無法寫詩，抑鬱困頓的狀態也無法寫詩，生活被瑣事塞滿之際更不可能有詩。唯有心頭安定了，思維澄澈了，才可能獲得一兩句詩，作為精神遠遊時的衣糧。當然，有時也無可逃避這樣的問題，詩是什麼？還要這樣一直寫下去嗎？這些疑問的目的，或許不在尋求完美的答案，而是給書寫提供一些支撐，並且合理化自己的作為。有更多時候，我樂於享受「不思進取」的寫作狀態——回歸本真，有話要說就寫，無話可說就暫時保持靜默。從來不是我在創造什麼，而是書寫行動提供了完整的保護罩，讓我跟這個世界始終保持一點距離，也跟現實人生保持一點距離。

將九年多來的詩彙整編定之後，就是這一本《島語》了。這本詩集裡收了一些可能不被認定是詩的作品，不過那也無妨。寫詩從來就不是為了跟誰交代什麼，或是完成哪些莫名的期待。不再追求被理解、被認可，不急著交出定稿，這狀態讓我感到無比自由，反而更能任性地舒張情感與思想。對我而言，詩早已不再是形式上的斷句分行，也不再只是各種敘述修辭、聲音結構的安排。詩是我與自己對話的回聲，與他人、與世界對話的回聲。為了這一點點珍貴的回聲，我必須對自己誠實。詩、散文、散文詩、詩化散文、古典或現代……這些概念的區別對我來說也變得毫無意義。不管我怎樣分行斷句，如何處理章節與段落，那些其實都是末節。能否像加斯東．巴舍拉說的那樣，才是持續寫詩的關鍵。「我們藉由重新活在受庇護的記憶中，讓自己感到舒服。」詩像是一層溫柔的屏蔽，安安穩穩的，始終庇護著我。

大學畢業後的十年期間，我在島上流蕩轉徙，先後住過嘉義民雄、高雄、台東、花蓮，之後落腳於淡水。綠島、蘭嶼、金門、馬祖、澎湖，亦有我短暫停留的足跡。我的日常手記中，對這些地景多有眷戀，書之不能或忘。空間場景不斷變換，而我總是帶著自己的身世，努力尋覓生活的真實。創作之初，我預先設想《島語》詩集的視野可以更寬闊，以更從容的方式貼近高山大海以及島上的種種事物。在這些空間中，或將完成一系列情感的驗證。然而真正進行書寫的時候，完全只剩此刻與此心，無暇顧及其他了。詩稿塗塗改改多年，有時甚至刻意將地名地景抽離，只留下細微的心情起伏，讓詩變成最光明的祕密。

命運的指針，一端指向來處，一端指向去處。所謂人生，可能也就是這樣來來去去而已。《京都の平熱》作者鷲田清一說，他的京都人生似乎就濃縮在一條206公車路線上——「苦讀，癡戀，瘋玩，有時念念阿彌陀佛，這條路彷彿人生。」至於我自己呢，繞來繞去，也終究是在語言文字上打轉而已。有人曾經結伴同行，有人已經永遠離去，我知道自己傷過了心，也學會對這個世界表達歉意。

過去的有些事想忘也忘不掉，當下的一切或許也都值得記取。詩集名為《島語》，對應此在與他方，顯示的是一種被今昔之感包圍的訴說姿態。某些人、某些事、某些場所，我終究只能用詩的方式而不是散文小說的形式，去理解、去想念、去關懷。回望《島語》，我私密的精神史於是乎在，無法拋捨的歉意與敬意也於是乎在。

感謝生養我護持我的這座島嶼，感謝在《島語》中溫柔相待的你。

二〇一七年八月七日誌於淡水紅樹林

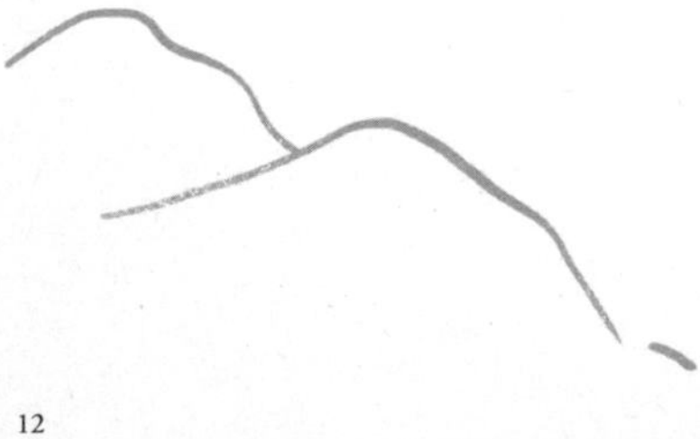

目次

卷三 另一種生活

卷四　在生活的此岸

卷五 空無一物的房間

卷六 多謝款待

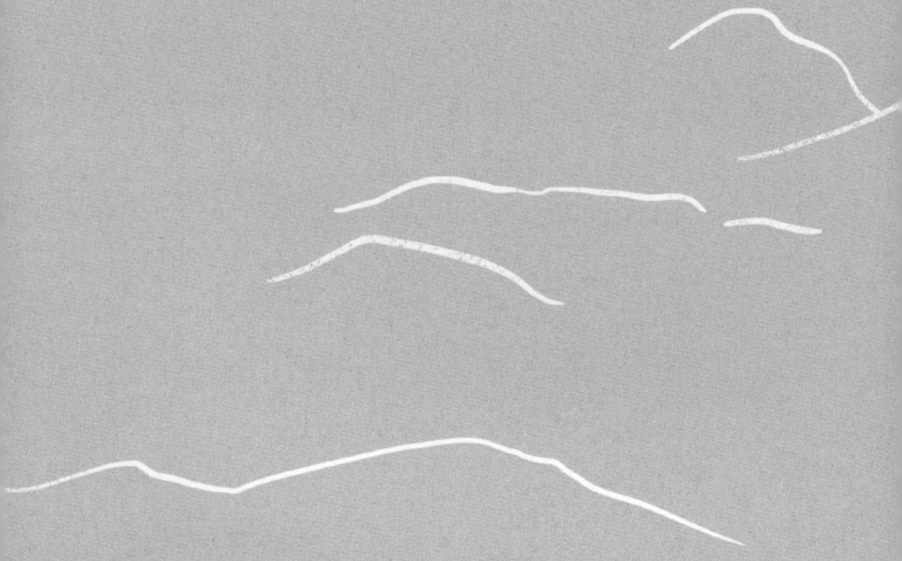

卷一

高雄小情書

盛夏——大貝湖，高雄小情書之一

剩下的時光，或許已經太過漫長，長到可以容納各種遺忘。

不應該是這樣的。荷花占滿盛夏，蟬聲射向遠方，青春被即將毀壞的事物占滿。然而我們又能怎麼樣？

遇見你之後，我才發現自己的心曾經壞掉。

只好努力做一個壞掉的人，去迎接比較沒那麼壞的愛情，過著比較沒那麼壞的人生。那些未曾發生的事我都默數，那些沒有盡頭的路我都記得。當日子有了漣漪，我不再以為自己是剩下的人。烏雲靠近又壓低，我們習於等待，但不習於無話可說。

謝謝你修補了我，在十七歲，在無比迷離的那場暴雨之中。

註：澄清湖，又名大埤湖、大貝湖，位於高雄市鳥松區。

望向地球表面——義大世界摩天輪上，高雄小情書之二

遠離地球表面，我重新貼近童年。

如果不是陪伴姪女搭乘摩天輪，我應該早就忘記童年的樣子。缺乏遊樂的童年，讓我成為一個容易悲觀的人。長久有一種錯覺，覺得悲觀是我的義務。常常問自己，是不是有資格擁

有快樂？後來才知道，對抗憂傷最好的武器不是遺忘，而是牢牢擁抱當下。

在這樣的當下，摩天輪緩慢上升，我可以俯瞰所有人的屋頂，把時間留在車廂外。望向地球表面，我希望為你編造一則又一則童話故事，那種關於漂浮的理想。故事裡我們離得很遠，卻又靠得最近。

從這個車廂張望另一個車廂，離開現實與回到現實，兩種狀態等速運轉。

離開你與回到你，兩種狀態等速運轉。

輕微晃動著的，是我過於疲倦的心。

想要與不要——在老宅喝咖啡，高雄小情書之三

秋光正好，手沖咖啡也正好。那個角落曾經非常繁華，如今老而彌新。不管在什麼年紀，我們都有資格選擇，跟喜愛的人事物相處，跟不喜歡的人說不用再聯絡。認清自己的想要與不要，然後找個好位子喝咖啡吧。別人喜歡的座位，不一定適合自己。

舊棉被——在烏林，高雄小情書之四

一九九四年九月，收拾行囊離開高雄，北上讀大學。那時搭台鐵夜車從楠梓出發，隔天清晨抵達台北，此後便住在師大路九號，度過純真又燦爛的四年。

北上之前，媽媽帶我去楠梓客運站旁的棉被行，挑選一床棉被，貨運寄送至師大宿舍。這床被子陪伴著我度過台北城冬日的低溫，窗外寒雨淅瀝之際，讓我得以溫暖自己。後來去嘉義民雄念碩士，也是它為我阻擋冷空氣。

每次我回高雄，媽媽總是先把它曝曬得氣味乾淨，使我可以包裹一夜好夢。恍然驚覺，原來它已經這麼舊了。

已經這麼舊了。舊到與記憶相纏繞，教人心安。

躲進被窩讀小說，有一種地老天荒之感。信任與懷疑，於是都不成問題了。

生之欲

——在雄中，高雄小情書之五

1

覺得人生無聊的時候
我只需要一個
可以講黃色笑話的朋友

2

我自己的四年高中歲月，過得比大學還自由。媽媽完全放手，只要求我不要學壞。因為校刊社職務之便，我有用不完的公假

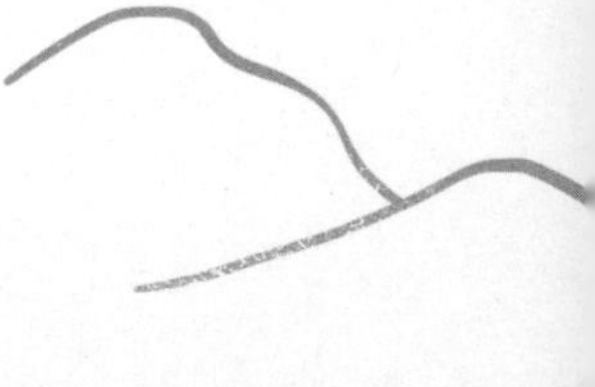

單。班上同學容忍我的奇形怪狀，偶爾帶著一些神祕武器（打火機、水槍）上學。這樣的日子，很值得過上四年啊！那段日子，零用錢與稿費、文學獎金源源不絕，讓我過得頗滋潤，同時也足以支撐感情世界的開銷。學業成績不怎樣的我，在文學與電影裡重建自信。後來，遇見一些成績墊底但自信仍然昂揚的學生，我毫不保留地流露敬佩，這樣的人是禁得起磨難的，是會有勇氣承擔人生的。更重要的或許是，這樣的人可以辨別哪些社會期待是虛妄的，不用那麼認真做虛妄的事，天賦才能自由。

我懷念雄中四年，但才不想回到過去。那種被荷爾蒙支配的日子，經歷一次且倖存下來，已經夠了。沒必要再自討苦吃。如果還能有一些小小的心得，我想應該是這個：能為自己找到紀律，才配享受這份自由。看見自己的尊貴，才能勇於拒絕墮落。

尾道行腳

——寄往高雄的情書之一

七月七日，尾道行腳，在佛前默禱。

希望我關心的人一切安好。

尾道七佛巡禮彷彿是一項肅穆的集點過程。七座寺院高高低低地錯落於山巔海濱，供奉的神祇各自提供不一樣的照顧，有延命長壽的，有開運厄除、病氣平癒的，有健腳、必勝、技藝上達的。每一寺院可以買到一種顏色的念珠寶石，七寺參拜滿願，即可結成一串佛珠。每寺寫一朱印三百日圓，一色念珠五百日圓，串珠套組三百日圓。集點完成，心裡無比歡喜，像個天真不過且容易滿足的孩子。

後來仔細一想，這些願望，無非都是人想出來的，無非都是祈望在現實的磨難中找到一絲慰藉。收集念珠的過程，身體勞動，心念專注，那其實是讓自己平靜下來的好方法。

幸好天色稍陰，涼風不時吹拂，行走時如有神助。高處俯瞰，港灣船隻皆好。

七寺巡禮雖然考驗腳力，總算在四小時內順利完成。在海邊吃完拉麵，看見遠天出現一道彩虹。

五色線

——寄往高雄的情書之二

從岡山到高野山，一路跋涉換乘，體驗新幹線地鐵電車纜車巴士，窗外風景片片段段。十一點出發，下午五點抵達高野山福智院。

高野山上有許多宿坊，福智院是其中最大的，而且有露天溫泉可泡。我們四人一間，附早餐。來的時候剛好遇見一群團客，悉數是熟年女性，頂上銀光閃閃，笑聲盈盈不絕。事先沒預約精進料理，只好到附近的雜貨店買水果、鮮奶、泡麵、零食，權充晚餐。待在房間裡，窗外綠樹伸手可觸，S說這真像電影《海街日記》裡四姐妹的家。

寺院門禁是九點，晚上八點有抄經體驗。抄經費用每人一千五百日圓，附贈一串星月菩提念珠。抄了一卷心經，寫字時什麼都不想，純粹是做體力活。腦袋放得很空很空，心裡的雜質慢慢沉澱下來。寫完也不知許什麼願才好，就隨意寫上諸願成就吧。

人夫Y是寫得最慢的，四人之中大概他的紅塵負擔最為沉重。沿路見他惦記著，要給妻子孩子買些什麼。即使跑到這麼遼遠之處，這麼不染塵埃的山間，似乎仍有一條五色線，在默默地牽引著Y。一筆一畫都不容苟且的他，墨跡裡無非是對家庭妻兒的責任。我看著看著，竟覺得累了。但也感到歡喜，能夠跟這樣的人相交二十多年。

中年發福的我們，寫字時需要摘下眼鏡，老花越來越明顯了。寫完字，就可以去洗澡睡覺了。隔天清晨六點有早課。

與往事猝然相遇

——寄往高雄的情書之三

1

亦有長風吹好月
多情最是人間花

2

離開大超寺，走了一小段路，幾滴雨水從天而降。然而，真的就只有幾滴而已，之後不再落雨。天空陰灰，汗水濕透衣服。

一時興起，乘叡山電車去寶之池站，只想看看《明天，我要和昨天的妳約會》電影場景，以及兩張有男女主角簽名的，候車處的椅子。跟同行友人說起電影本事，然後問他們，如果早知感情生滅已有定時，盡頭在開始之時即可預見，那麼，還願意勇敢地愛嗎？

答案當然是肯定的。他們說，能夠遇上，就是一件好事。

站在月台上，等候下一班車的時候，我曾堅決認為錯過的或遺憾的，忽然像列車進站的警示音，嗶嗶噠噠地響起。是這麼弔詭的感覺：沒有遺憾，何來完整。

在京都行走時，常有一些微妙的觸動。很多舊事在台灣的日常生活裡，多年不曾想起。在此處，很可能正是因為從日常抽離，思緒往往搭連到已經消逝的時光。

聊著電影情節，一陣清風吹來，我與朋友相望喟歎。彼此知道，各自在想些什麼。也知道，對方是帶著哪些遺憾繼續往前走。好天良夜，賞心樂事，原來都有使用期限。學著好好告別，才有餘裕讓乾枯的生活長出一些燦爛花枝。

沿路想著安穩山大超寺裡的祕佛三尊、阿彌陀佛立像、鍬形藥師。簡介上寫著現世安穩。大超寺接待我們的，是一位優雅又爽朗的女士。她解說時講日文，我則一直用手機語音翻譯軟體將中文翻成日文。比手畫腳一陣子，她找來一位年輕女孩。年輕女孩用手機把日文轉成英文，我一樣中翻日。來來回回，大家笑成一團，竟然溝通無礙。那位女士還說我「面白」（有趣）。

熟年女士先去為我們準備朱印，並答應讓我們自行留在大殿，靜靜領略那個空間的力量。

合十祝禱不久，我竟然就流下兩行眼淚。眼前幾尊佛像造型，在日本是獨一無二的。彷佛自己是被善意承接著的，對這個世界感到無比安心。彷彿，彷彿，睿智慈悲的佛陀已經先為我們受過傷。

回到接待處，我一直稱讚那位女士非常美麗，邀她合照。她羞澀地說歐巴桑沒化妝不上相，但還是一起拍了照。我告訴她，很喜歡這個地方，感動得流淚了。不知道下次再來，是什麼時候了。她笑一笑，跟我們互道莎揚娜拉。京都寺院中，這裡是最讓我輕鬆自在的，幾乎沒有儀式與規矩，念念阿彌陀佛，偶爾可以說說笑笑。大超寺是京都十二藥師佛靈場之一，對我來說，真的頗有療癒之效。我也希望，將這份離苦得樂的願力，傳遞給那些受苦的人。

電車交會，駛離，一如電影畫面。那當下，與往事的猝然相遇，也終將成為過去。

貴志

——寄往高雄的情書之四

許多年前的一個冬天，一隻陌生的貓不請自來，堂而皇之進到我高雄老家，跳到我身上取暖。幾乎持續一個月，牠每晚蜷伏在我大腿上，不打擾不亂叫，依偎磨蹭而已。我安靜讀書，夜深睡去，醒來不見牠的蹤跡。入夜以後牠又來到身邊，如此周始反覆。

直到我習慣了牠……

牠卻在某一個我無法記得的日子，永遠地消失了。

我也早已忘記牠的樣子。

然而當我來到一個貓臉造型的車站，看見肥貓站長，我又想起牠。

在貓主題列車上，眼前出現一個身影，眼神清澈幽邃，似乎含藏宇宙深處的祕密，竟像是多年前牠的樣子。

想念一個人，想念一隻貓。也很想，回到某一個初識的地方。

宇宙深處傳來回聲

——寄往高雄的情書之五

夏天最好的樣子應該是這樣，去一個陽光閃耀的地方，歌頌海水沙灘，讓荷爾蒙盡情發散。

也是很久以前的事了。高中畢業典禮結束後，我約了一群自己喜歡的人去西子灣海水浴場，慶祝自己終於可以告別原來的生活模式。一切都將是新奇的，我所預期的未來，壯麗無與倫比。迎著海風，戲水，笑鬧，擁抱無憂愁的當下。那時相信，人跟人的相知，總可以留些什麼作為憑證。然而誰也不知道，要那些承諾與憑證做什麼。

只不過是這樣，相信的就以為是可以擁有的。

我喜歡陽光照射在白良浜沙灘，海水清澈冰涼。搭了好久的車，來到這麼一個五彩繽紛的世界。換上海灘褲，隨浪浮沉，真希望時間就此靜止。

有一雙藍色休閒鞋陪我走了兩年，環保材質做成的它漸漸分解。這一天跟它告別，有一些不捨，還要說聲謝謝。沿途丟棄不少東西，或許也減輕了人生的負累。

在海水裡泡久了，頭髮染色的部分瞬間顯得灰白，再次提醒了青春不再。

傍晚在海邊的露天溫泉「崎之湯」看著夕陽西沉，赤裸的自己忽然有了些勇敢。也突然察覺到，我想念的人，正從宇宙深處傳來回聲。

卷二

島語

重生

——為紅毛港而作

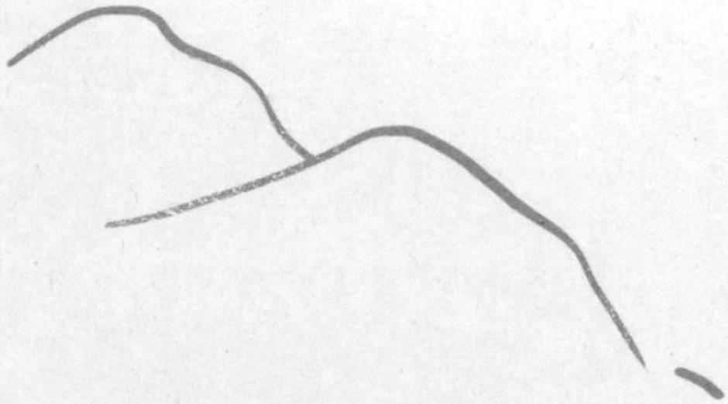

我們倉促的歷史還沒來到
明天，每一塊磚石、每一朵花
都擁有一張疲倦的臉
此刻不如靜靜坐下
面對天空，想念昨天的雲
昨天，小村的多情
陽光閃耀，親人微笑的樣子
都已經存放在身體裡
我們仍然喜歡談論
生命的來去
淚水與河流
不需要證明的身世

如果眼睛太過古老
或許就容不下
一直轉動的世界
也容不下大霧罩滿永恆
終究無法辨別前方
那一條道路最接近真實
愛比恨容易令人犯錯
我們無法廢棄自己
荒草叢生的心
無法相信為了原諒
而找到的答案

在每一次的絕望中
我明白愛，明白事物的形狀
最好的時光通常是
已經遺失的時光
最美麗的風景往往是
已經毀壞的風景
我知道自己是誰
一個人走到
星光投映的所在

花合夜

——為夜合花而作

我喜歡那些不可能的事
荒漠中長滿玫瑰
大翅黖在空中遨翔
四季都有成熟的穀香
這世界沒有荊棘樑木
占據我們的眼眶

我還喜歡，這種種可能
露水隨著夜色沉落

沒有另一個太陽
也沒有另一個月亮
夜合花關閉了夜晚
一次又一次，打開了
讓人堅忍的願望
土地賜予我們眷戀
然後可以信仰睡眠以及
沒有邊界的胸膛

我相信每晚種植幸福的人
自己也不完全開展
只是彎下柔軟的枝骨
舒展突起的經脈

在馥郁中沉思
慢慢縮合每一吋心事
用乳白色的羞怯
迎接清曉的日光

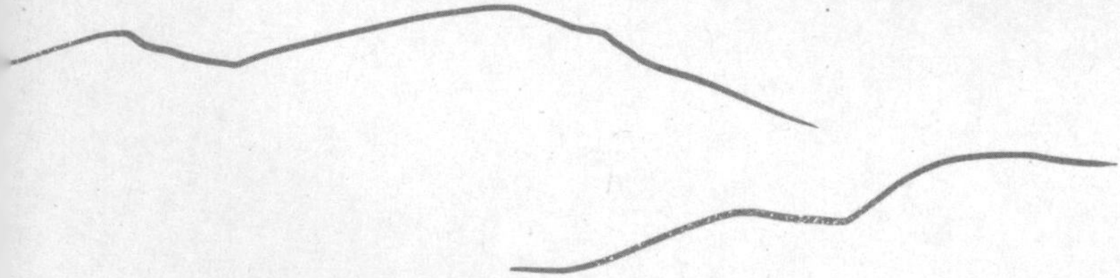

島語

我終於相信
再也沒有一個地方
勝過我們並肩而立
看見的地方

世界變得新奇，我們
彷彿進入另一個世界
事物在命運中默默生長
讓人以為看見的
就是擁有的。除了

孤獨緩慢的思想
孤獨而緩慢的太陽

當幸福來到我的窗前
我記得每一吋海浪的去向
風的來處，夢中的城鎮
正在飄著細雨
沾濕遙遠的願望
而我始終知道
不可能是他人
也不可能是其他地方
容許在天空裡種花
容許記憶的燈都點亮

於是我們成為
擁有同一種時間的人
太過美麗的信仰讓我來到
這當下，在彼此的胸口
靜靜睡著像是回到了
星光下的家

探索者

——為二〇〇九高雄世運而作

那是快樂的，奔跑
跳躍，翻滾，張開手臂
擁抱全世界的風，在萬物中
從自己的身體看見未知
用發光的汗水照亮宇宙
還要探索一種可能
讓夏季煙火凝駐
在永恆的瞬間

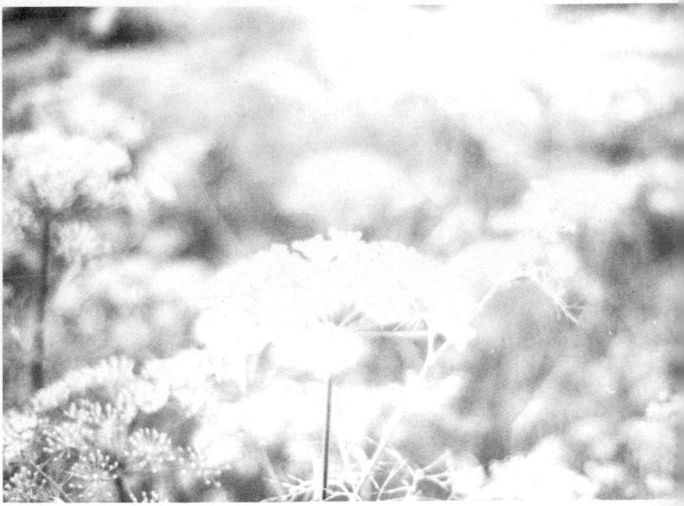

一個恐慌症患者的早晨

昨天的故事都還在床邊發出
近乎永恆的聲音，淡藍色的聲音
這一刻我確知不是他人而是自己
努力呼吸那些單薄的氧氣
左腳或右腳先跨出去這永遠
是一個不怎麼輕鬆的問題
有人對我說你可以選擇
一杯熱咖啡或是快快死去

總是如此，我看見陌生的人群
他們不知道我的名字
各自在我不曾察覺的場所
洩漏世界的煩憂
他們之中有誰跟我一樣？
擔心所有節日的氣味
與最親近的人分離

穿上最孤獨的身體
終於我走向前去
想要一個笑容給過往的日子
不再害怕路上的風景
鳥兒歌唱，陽光依舊升起

夏日時光

——蘭嶼散文詩

乘著小飛機初抵蘭嶼，只見海天乾淨，藍得沒有一點雜質。我感覺像是來到另一個國度，陽光在皮膚上蓋了入境戳章。為了遇見所有陌生的事物，必須潛入海裡、走進山中，或是騎著摩托車在島上穿梭。沒有趕上百合花盛開的時節，我看著草色青青綿延向海，這世界真是安靜極了，耳朵只聽得見風的呼喊。

清晨醒來，一個達悟青年領著我們上山，探尋隱身於叢林幽深處的天池。這趟路程來回約需將近四個小時，因為前兩日才下過雨，路面仍顯得泥濘濕滑，稍不留意就會跌倒。某幾處還得靠著繩索費力的攀爬上下，這也考驗著身體夠不夠矯健靈巧。幸好沿路有濃蔭遮蔽，免去了烈日直接曝曬之苦。途中停下來歇息，衣衫已經濕透。我蹲踞一隅喘息，納涼喝水，拿出相機捕捉眼前的草木，以及荒寂的小蘭嶼。我一直相信，這是一趟孤獨的旅程。身邊有許多人陪著我，然而我始終帶著自己的心事在旅行。

於是，離開了我想要離開的人，離開了我想要離開的事，來到這樣一個奇異的地方，有期限的短暫停留。這座熱島嶼上，鳥鳴與蟬叫都響亮，我喜歡這樣一直走著，用肢體的勞動驅除過多的胡思亂想。汗水一滴一滴落下，彷彿怎麼也擦不乾。地面的枯葉堆中，突然一陣窸窣，定睛一看才發現是一條褐色小蛇，迅速的彎扭，消失。

站直了身子，繼續往前走之前，達悟朋友爬到樹上幫我拍照。我仰起頭，心裡一點負擔都沒有。至今想起，那一去不返的夏日時光，真是教人喜歡。

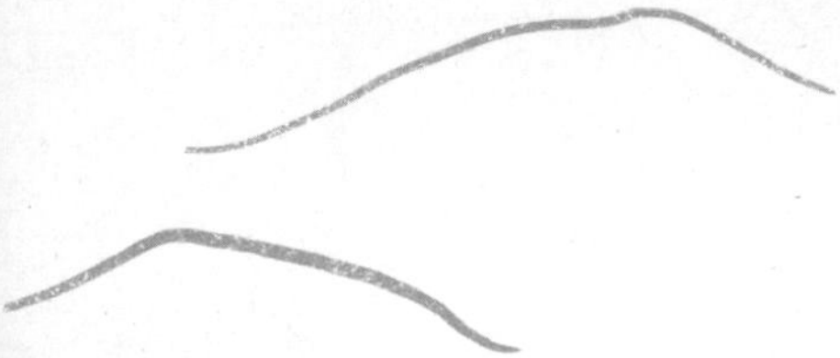

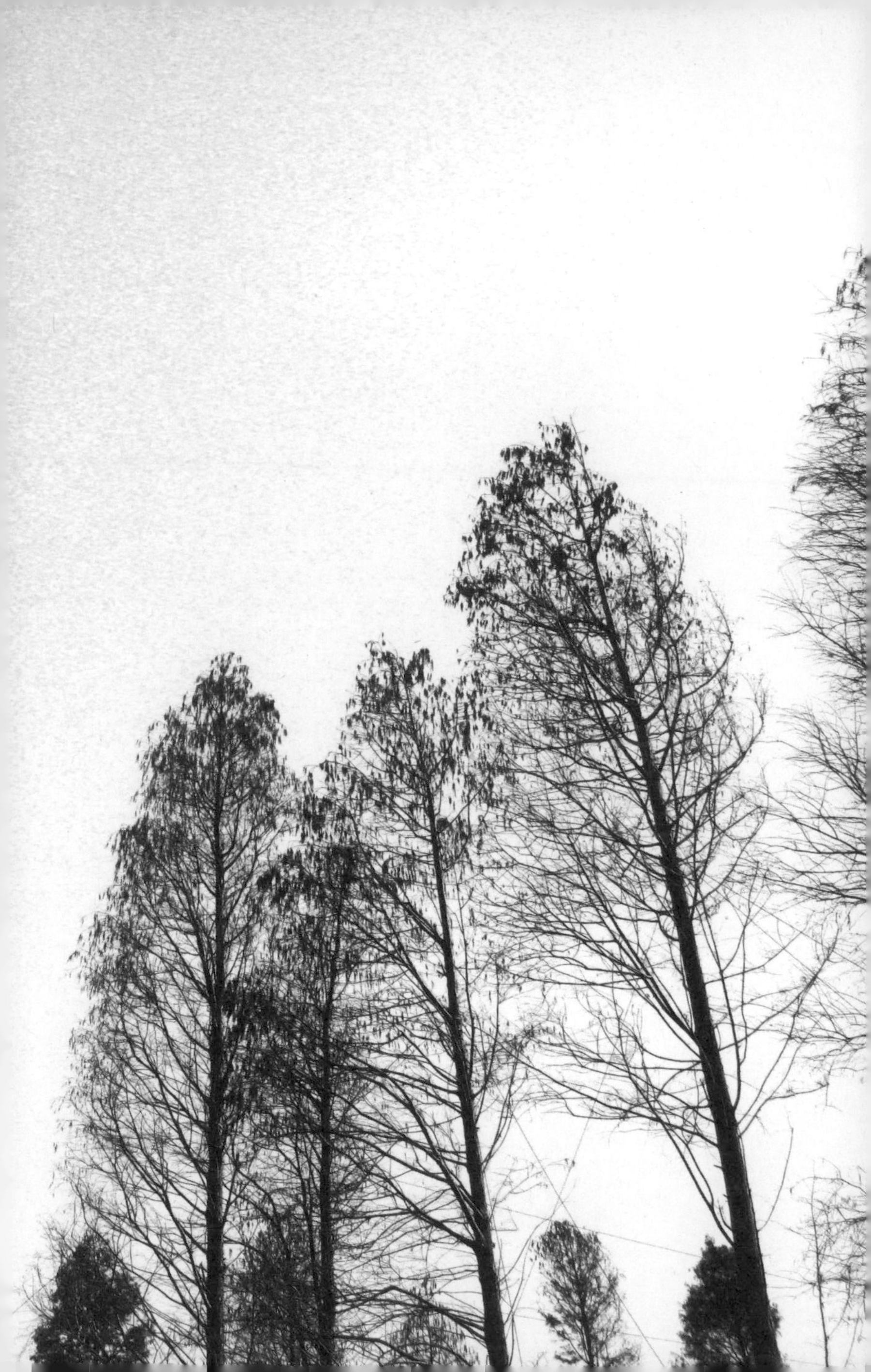

等待

（高雄市政府公車燈箱詩作品）

愛來的時候
謊言中也有真實

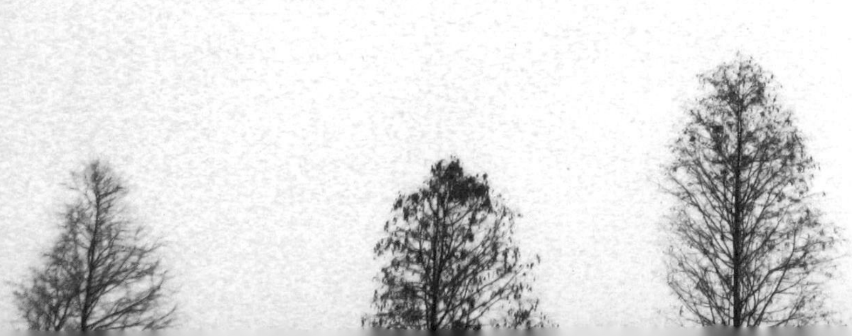

失去

在一個失去你的夜晚
同時也失去了雨水

在一個失去你的早上
我同時也失去了淚水

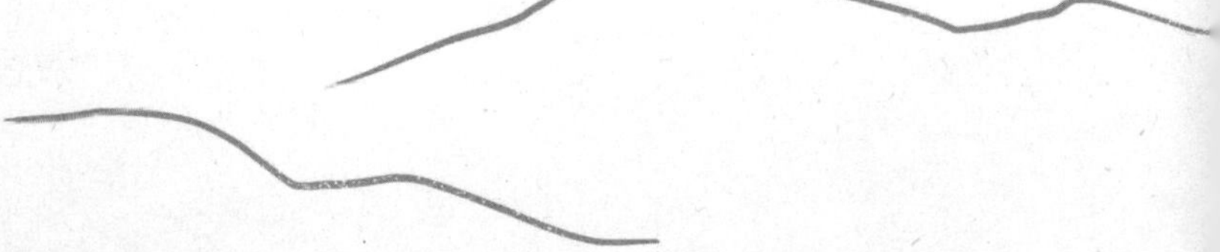

雨水時節

我很害怕，接下來這個節氣，雨水。
我很害怕，為了愛棄置自己所有尊嚴。
害怕說要，害怕說，我還是很願意為你忘記什麼是尊嚴。
星星跟月亮都不見，瞬間萬變，我只能珍惜眼前。
我說，沒有人讓我擁抱，沒有人讓我知道我想念他的時候他也想念我。
我不想知道，這是怎麼回事，生活本身就是一種酷法。
我也不再去想，何以祂對我們如此殘酷。
如果有一天，什麼都走樣，我還是會這樣願意嗎？

無法相信永遠，所以珍惜眼前？
而此時，我心中滿滿的都是虛幻的幸福。
我擁有一頓美好的晚餐，擁有大學時候一個純淨的靈魂。
我懷想青春正好，好多人愛我，我偶爾也愛著他們。
我傻傻的笑，說要乘坐時光機，說要進一個任意門，其後就是我想要的那樣。
窗外，雨下個不停。
雨水好像把所有東西困住了，滴滴答答的，時間任我想像。
我日日克制自己，要求一套該當奉行的律法。
這就是，自以為是的堅持。
我也得想方設法，把自己困住。
不然，我不知該往哪裡去。
不然，我又會用很多希望讓自己哭、讓自己失望。
雨水時節，我笑著流淚，也珍惜眼前。

不再下雨了

不再下雨了。昨晚的傑卡斯梅洛紅酒酸澀猶在，而鮮燦汁水繞遍我周身血脈，這一夜是好睡的。只是對於睡眠我貪多務得，賴了又賴，才不情願鑽出被窩。好冷，雨已經下得這麼多。睡夢中，似是一隻溫暖手掌握住我的，叫喚著讓我醒來。

春露如冰，這箇中滋味我也明白。

麻姑自有滄海，我還以為能夠捨去心中一點愛。

瘠寐之際，我才想到對尚屬陌生的他說過，這世上誰人不殘缺。缺而又缺，不免要自憐傷逝的。肩頸痠痛，生活過於勞累所致。善體人意的，都說要幫我揉捏按壓，活了血路經絡就好。可惜啊，口惠不實。然諾有時應效，而幸福往往不在當下。我說我也好期待啊，攤著自己像一團麵泥，可以死去活來，什麼都不要想。捶打推拿之間，氣淤鬱結不再。

往事不再。

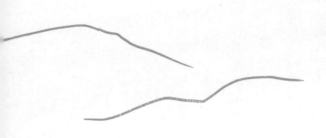

悄悄告訴他

悄悄告訴他，好多話現在已經不能說。

維雷娜說，我們往往將他人在我們身上呼喚出來的和一再呼喚的東西當作我們自身。

我一度試圖擺脫這關聯係屬，親手把心底的根荄悉數扼殺除去。而白居易不說了，春風吹又生。好吧那我也認。

我眼見他好多話要說，說給了好多陌生人聽，那是怎樣的寂寞呢？我也曾、也曾茫茫網海說給人聽，波濤起伏之際投下我一圈圈漣漪。

也曾、也曾以為終有一個陌生的他人會來到我身邊，告訴我我也告訴他，就是了現在。

曾經，睡前總要翻一翻聖經雅歌，我喜歡那些古老的話語與我相關。我也跟好多的陌生人說，那就開始吧如果一切沒有問題。有什麼問題呢？

忽然之間一夜春風來，花都開好了。

又過了一天

又過了一天。
又過了一天。又過了一天。
在這個時候我又想起四十四次落日，我現在最討厭的成語是，日復一日。
我把椅子搬向背對悲傷的地方，
我把自己的眼睛對著日光，
我把自己的靈魂放在漸漸失溫的土地上。
我知道一切終不可能，我知道希望的盡頭，我知道好多長夜漫漫。
我知道，我並不快樂也不夠堅強。

我知道我還能笑，我知道什麼事在我手中應該放掉。對面車燈強烈穿透我的心臟，我切割著自己一片一片，悲傷是一小塊，快樂也是一小塊，不知不覺是好大一塊。

貪婪是一種罪，非要落到一片白茫茫大地真乾淨才能告別。

直到該償還的都已償還，再也沒什麼好失去。

直到，對痛沒有知覺，騙得過自己。

那是好累好累的事，當我說，給我謊言我自己找意義。

告別——我與憂鬱共生的時日

並不屬於我的，這種命運
如同網羅纏繞著我

命運種種帶我走進沒有光的
煉獄，縱身幽谷的死蔭

我曾想去到那遙遠的地方
我對它的鄉愁與生具有

那裡只有發亮的星辰
和我自己一人

卷三

另一種生活

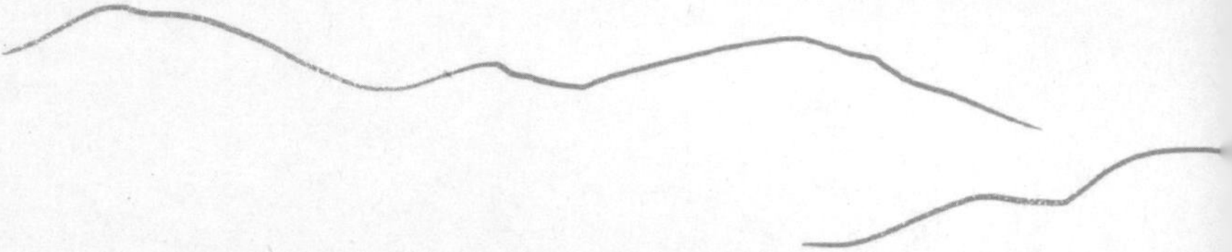

天堂

在你腳下
在你身上
在你乳間
在你眼眶
在你髮梢
在你唇畔
在你指端
在你髮隙
在你耳窩
在你嘴角

在你胸口
在你臂彎

不在盈盈一水之涯
不在重疊的小山
不在星光散逸之處
不在沒有門窗的屋子
不在從前
不在彼岸
在你心房
在你床上

事物本身

——為花蓮國際石雕藝術季而作

你可以告訴我嗎，在世界的盡頭
人們如何用情感雕刻時間？
那些太過完美的事物，又是如何
以最真實的樣子存在著？

你終其一生都在尋求
最真實的石頭與最真實的手
在碎屑與火花之間讓真理
凝固，產生新的知覺結構
海風吹起的時候，任憑汗水滑落
讓每一顆石頭充滿音樂
靜靜成為陌生的歌

只要能夠繼續自以為
就沒有什麼不被允許
世間萬物都可以在你手中
定形，變換存在的姿態
一切的一切，彼與此如此相似

而且傾向於最終的真實
才教人分不清人生與藝術

你說什麼都能複製，就是
無法複製生活。

你鑿開整個世界
收容那些無法想像的細節
以及可能被遺忘的表情
告訴我，這當下多麼美好
最適合哭與笑

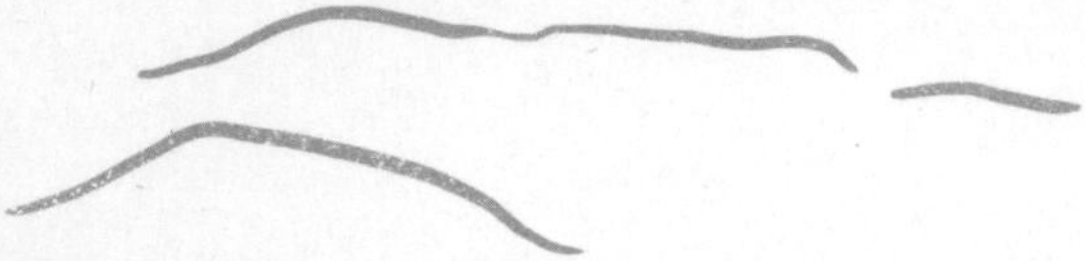

潛行者

——有悼

耳渦中沒有過去也沒有未來
只有未曾定位的記憶不斷迴盪
這已是一個很遠很遠的地方
你或許無法想像的地方
飛越了國境，我才明白遺忘

是如此沉重，又如此艱難
那是一種漂浮，天與地澄澈
身體變得乾淨，比思想輕盈

海底一百公尺的潛行，我想起你
你過度迅速的一生，和幾件簡單的
隨身行李：一盆炭火、幾顆安眠藥
密閉房間內將自己交給黑暗
永遠切斷了青春，悲傷或微笑
這就是你說的，最後的解答嗎？
你一定知道我的，淚水之中藏有祕密
沖刷時光，讓眼神吸蝕所有懷疑
一滴眼淚於是成為一座海洋

我還是不明白，放棄如何能夠消滅憂鬱
不再呼吸以後，真的能夠擁抱真理？
熱帶氣旋在我心中，白色魚群圍繞著我
與生存等重的孤寂。倒轉的星空在我
眼前。我想知道現在，你那邊有沒有時間
有沒有一個堅固的房間？
有沒有一種姿勢最適合睡眠？
我輕輕吐氣，讓那些感歎的泡泡浮升
感覺潮流的方向，溫度與空無
然而在這最寧靜的時刻
我將如何忘記你？

公車上

（高雄市政府公車詩作品）

在這裡，我的身體就是
一座移動的樂園

幸運者

（高雄市政府文化局石鼓詩作品）

好事來時能夠流淚
沒有敵人需要消滅

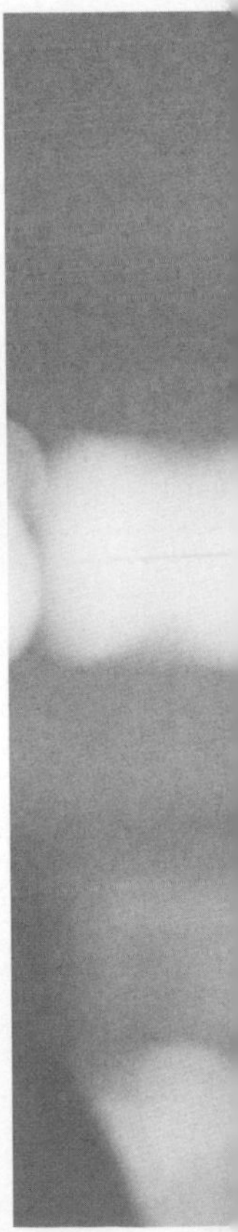

另一種生活

我喜歡變化無常的事物
充足的陽光，不曾開始的
信仰。你想知道嗎
安然而坐之時，將會看見什麼？
鴿子在遠方飛翔，銜來一則
未經修飾的洪水神話

我們對望靈魂深處，每天
一起走進最黑暗的房間
用手機寫家書，用滑鼠

點開一千個陌生的世界
耳機裡有麋鹿奔跑
冰層碎裂的氣味
無止盡的複製別人的愛與憂
至於自己的快樂就藏在藍色吉他之中

重新相遇之時那些我們
所說的，花與果實，不死的種子
都成為深深相信的了

那真是自己的記憶嗎

——在淡水河畔

那真是自己的記憶嗎？如果
記憶也會說謊。三月微雨
綻放在河岸的山櫻樹上
我願意記得一種說法
關於春天的涵義，從遠遠的
過去，一直到遠遠的天際

我錯記了一個詩人的婚歌
錯把初生的百合當作是
世界盡頭紛紛的花落

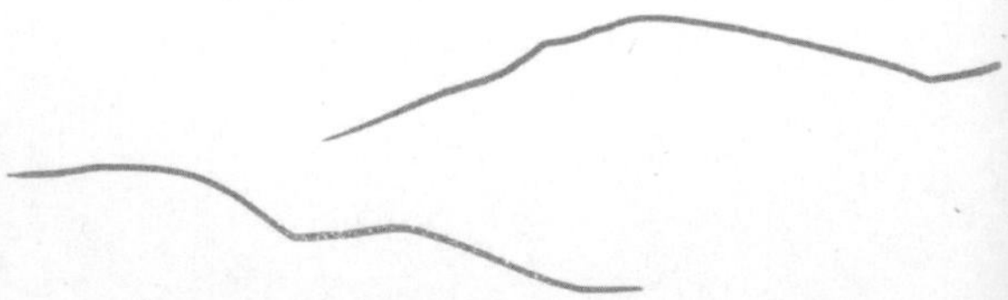

把離開誤以為是抵達
眼淚中的笑以及昨天的歌聲
打包以後就會成為一種未知
隨著靜靜的水流，稀疏的燈火
化為一萬隻蝴蝶飛舞

我的腳步旁邊是時間
濕潤的苔蘚。是自己的記憶
正在盈縮，我已經讀懂
那約定好的眼神，從未
消失的祕密，低飛的往事
還有正在上升的星空

二〇一〇年三月七日寒流即將來襲時作

共享一個世界

能夠和他人共享這個世界，是一件極幸福的事。久不提筆寫信了，而手指因為頻於按送訊息變得十分靈活。共時存在於這個世界上，我喜歡用文字隔空傳遞通知，想念，提醒，暗示，或抱怨。在有明確對象的書寫行為中，我總是揣想著或不可知的彼端，也藉此把自己重新定位了。

我喜歡手機屏幕上，幽幽的提示燈光。我喜歡發送訊息時偷偷摸摸，暗中完成情感的交換。我喜歡天地不能以一瞬而我擁有完整的當下。我喜歡一切的真理都是當下的真理，相信也是當下的相信，懷疑也只能是當下的懷疑。時間過去了，一切都不可惜。

我也喜歡不經意的走過自己的導師班，看見學生在別科課堂上玩手機，立即送訊。告訴他，我都看到了，都知道了。

然而我還是無法明白，是因為都知道了，還是因為都不太知道，人與人之間才有那麼多話好說。這是同一個世界，真理與歪理並存，凝縮在一則簡訊裡的時候便可以與人共享了。

簡訊三則

其一　情書

背對你
背對世界
背對時間波浪

背對某些想念
背對未知的夜晚
我想背對無聊與煩惱。
你知道嗎？我對你最大的埋怨就是，你怎麼會如此可愛。

其二　家書

媽，別擔心，我不會消費你的故事，除非你願意。
我也不會把我們的事寫得太噁心。
含飴弄孫時別讓自己太累，留點力氣出國玩吧，我的副卡你盡量刷。

其三　生活筆記

苦楝花開日
遠方有春雷
我靜立在樹下
仰望淡淡的紫色凝聚為某種微光
那滿樹憂鬱鄭重其事的
在天空與河流之間
被自身的存在所震盪

跟往事重逢

——過府城，贈王浩一先生

我們如此可恥
人到中年仍然如此
過動，喜歡談論夢想
喜歡雨水中的行走
安靜的城市在
身邊，親切地發光

如此可恥的，我們
交換人生的故事

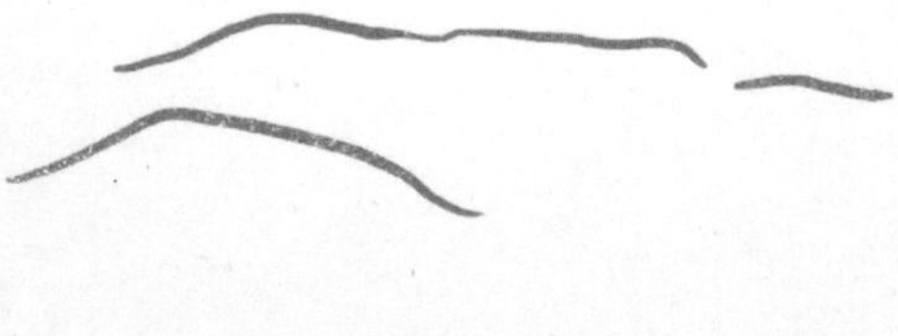

追蹤一顆蝦仁肉圓
四十年來的身世
表皮加內餡
恰好是生活的形狀
恰好就是幸福的分量
我們可恥地喜愛
稻米與香蕉，含笑
或玉蘭的芳香

黑瓦與老樹
各自藏在神的旨意裡
藏在陽光可及的
命運的縫隙

當你問起為什麼
我此行有無特殊目的
遠天的閃電，令我恍然
似乎是為了往事
為了跟往事重逢

你告訴我鄭氏父子
渡海帶來的物種
如今一一開散了枝葉
至於日本人的建築與灌溉
都值得儲存在繪圖本裡
當我獨自走進深夜
西市場旅館的單人房

我知道，有一些往日仍然
等我於枕上

後記：

某個夏日傍晚，王浩一先生帶我閒逛府城小吃街。他用故事串連了空間與記憶，《慢食府城》、《黑瓦與老樹》這兩本書改變了許多人的旅遊方式，也讓我重新認識台南府城。確實，這是個適合居住、生活以及戀愛的地方。我每次到來，總覺得是在與往事重逢，並且讓往事帶我走進未來。

短消息

故人，我想念你
欠了好多趟想你們的
旅行
替我親親女兒吧
今天灰色籠罩
身心都過敏了

世界已經停止了麼？

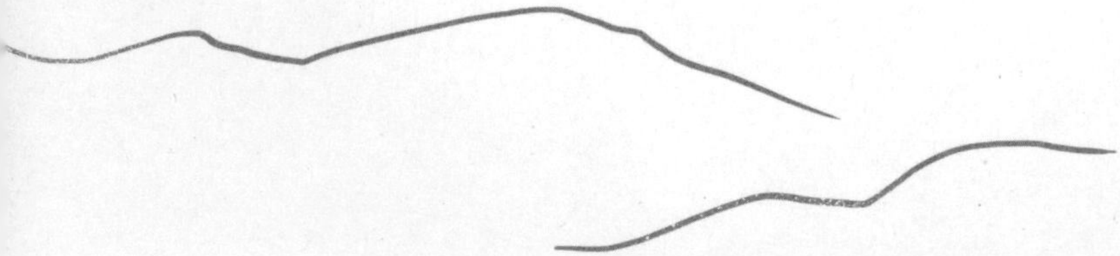

世界已經停止了麼？
我想起自己說過的理想，願使時間延佇、萬物歸心。
不自覺的認真，無時無刻不自在。
時間並人事各有光澤，暗中取光。
這其實也就是理解的可能、意義的成全了。

今夕本來無風，悶熱煩躁。
這當下，又有風東南而來，衣衫已全然汗濕。
索之，不得去向。
好一個不得去向。
無緣無故生發的這些，終將也走向空無不知所終不是嗎？
汗流浹背，這又該作怎樣的解釋呢？

一切都是假的

一切都是假的
河水流動
雲影漂浮
反光鏡旋轉
閉上自己的眼睛
一切都是
真的

末日前夕

——聞二〇一二世界末日預言有感

我以為這就是最後一天了
星星殞滅，洪水來襲
每個人嘴裡
呼喚著自己的神祇

但願你都知曉

門前的杏花早已落盡
我們在多病的世界裡
堅持保有完整的愛恨

從前不知道的事情或許
以後也不可能知道
但是這當下，日光傾斜
照進記憶中

不曾遺失的幽暗
一隻白鳥與牠的懷疑
以及一片荒蕪的野地
沒有什麼比現在更遙遠
沒有什麼可以代替那些
未曾實現的機遇

夏至二章

1

蟬聲已經降臨了
對面的觀音山
又將被雷雨籠罩

2

我們在剩下的夜裡
成為相互咬噬的野獸
吸吮世界的回聲
你吃我的靈魂
我吃你的靈魂

卷四

在生活的此岸

偶得

1
背對世界的時候
我用背後的陽光
把自己照亮

2
一百年的孤獨
和一秒鐘的孤獨
難道不是同一件事嗎？

3
我們用盡一生的力量
只為了永恆的安靜
一聲不響地躺下

4
無所畏懼的人
最是可怕

5
這樣的問題令人痛苦——
我為什麼在這裡？

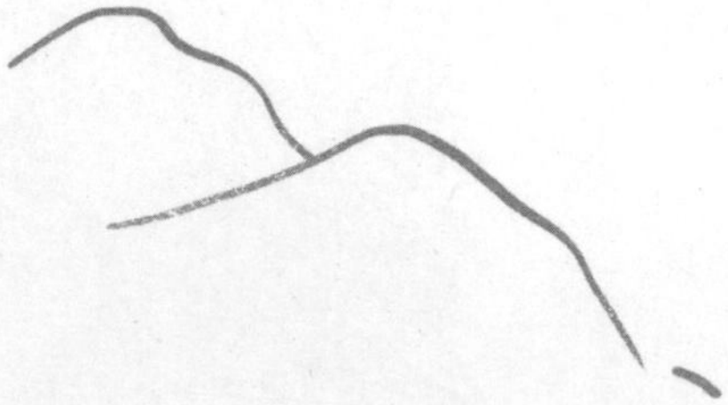

細節

——車過關渡大橋

每一個季節都守著順序
我記得，不可預期的
風吹，雨滴，雲的飄移
隱隱地造成
心中的潮汐

鋼鐵凝固意志，岸與岸
之間聳立完整的懷疑
遠方有我一直以為的事

以及未曾發生的命運
我看見擋風玻璃
一幕又一幕寂靜的天氣
方向盤迴旋，轉動
時速不能超過想像的快樂
限制是六十公里
外加十公里的寬限

我總是為了
沒有目的的到達
然後終於發現
世界並無不同
只是變得陌生

桐花季

在青蒼的山裡
看見青蒼的往事
任由風吹雨淋
不需抵抗時間
心頭有了積雪

生存的重量原來是
為了能夠優雅地飄零
告訴這個世界
美有時來自毀滅
有時，也成全了毀滅

我所領略的事物
一如保守的鳥雀
保守純潔精神
一瞬間的永恆
始終無法停歇的懷疑

遙遠的他說
與命運有約
我偏愛靜默
我看見了，也相信了

而我已經相信了
也看見了

北海岸

我看見了過去與將來
看見了遙遠的海浪
看見你與我，背後的
白雲、陽光，季風在呼喊
遺忘是另一種死亡

我們手無寸鐵的等待
那些玫瑰花開的日子
比所有事物更遙遠
從此我們的居所

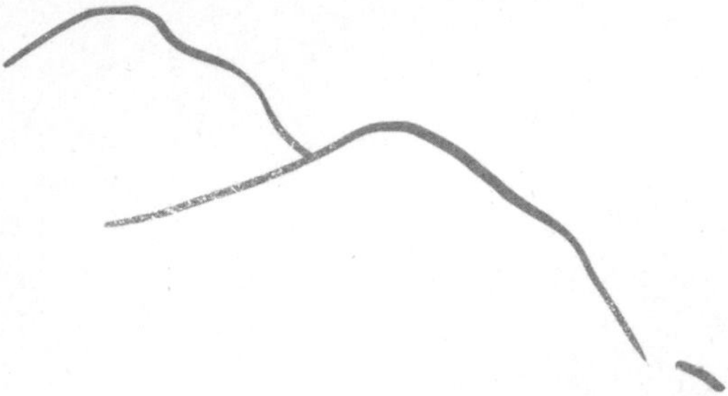

我們的婚宴，只想要
一個太陽、一個月亮
彼此在世界中擁抱

你是原來的你
我也還能記得我
河流是河流
在瞬間的愛裡
迎接永遠的
死亡

那又怎麼樣呢？

即使不被人眷顧
那又怎麼樣呢？

即使仍然孤獨
那又怎麼樣呢？

即使日子發臭
百花不再放香
那又怎麼樣呢？

即使地層吋吋陷落
那又怎麼樣呢？

即使天空與海洋
失去了最堅固的湛藍……
那又怎麼樣呢？

在心與心之間看見
一座已經破碎的樂園
那又怎麼樣？

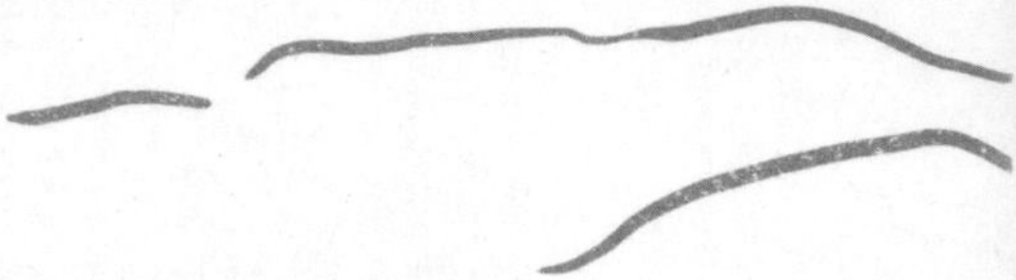

神學士

每一天在我生活的地方
有很多日光也有很多黑暗

很多被面紗遮掩的心事
很多鮮血，很多殘酷的解釋
很多男孩和我一樣不是先知
但我們名字都叫做穆罕默德
日日禱告，日日摧毀別人的信仰
開始習慣殺人遊戲
相信美好很快就會到來

我有時也會痛恨自己，懷疑
愛比恨或許更容易讓人犯錯
巴米揚的巨佛化為飛灰
我心中的憤怒卻越來越堅固

植有龍眼樹的庭院

——記高雄仁武烏林村舊宅

一如既往，它們靜靜
開花，結果，掉落
帶我重返童年
免於憂傷，也免於
無助的仰望

我相信一切都是真的
而虛假也往往
藏身在真實之中

我不曾理解那些
樹身與陰影、
遺棄或死亡

誰奪走了我的時光？
鳥聲在簷間鳴響
萬物歸屬於此刻
星星墜毀
在黑暗的盡頭
像是棄我而去的那個人
讓我看見永恆
永恆的絕望

我能否明白？
不是說要有光
世界就能夠有光

後記：

母親在電話裡說起，舊宅的土地產權問題。我們與幾戶鄰居，世代在此生活超過五十年。然而，土地產權並不是在住戶名下。我們擁有的，只有地面上的建物。即使祖父一輩曾經繳交過幾次購地款項，卻因為年深日久、憑證消失，一切都要重新談判。庭院中植有芒果與龍眼，院後有巍峨的竹木，這是我的家。

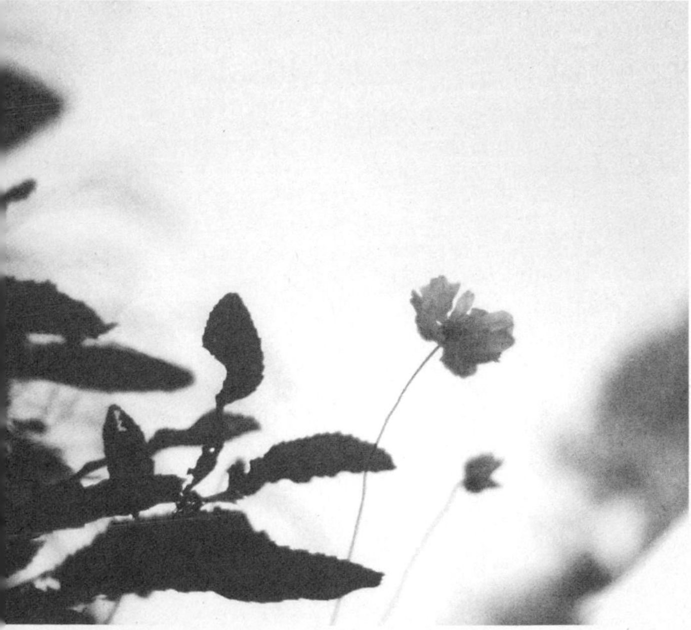

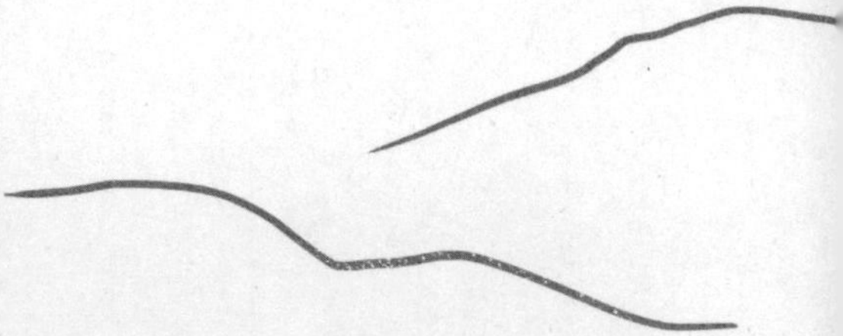

複數記憶

你或許不會相信
一切的努力
在霧中尋花
都只是為了
完成一件終將
忘記的事

擎天崗

沉默裡，你的眼淚
是一種守望

星群來到身邊
原野的顏色已經不見

我們的存在
忽然，變得好遙遠

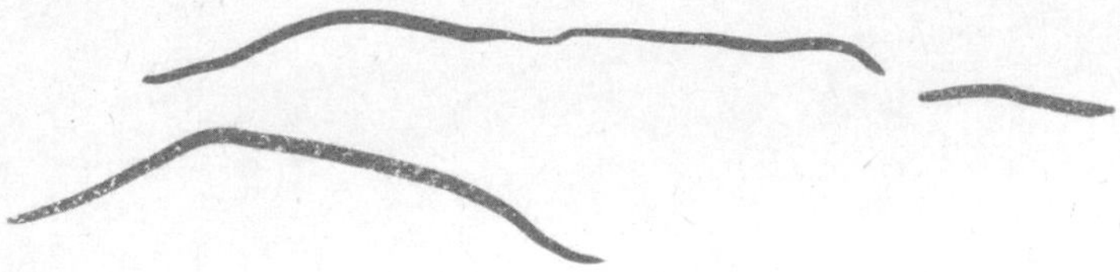

遠眺

錯過良機是短見
空手而回是錯誤——《西藏度亡經》

來世與今生之間
我們追求曾經相識的
眼神，耽迷於許多自己
擅長的，一切無常的事物

鴿子飛越蒼茫
落日撞向晚鐘
那些無用的勇敢
沒有輪廓的生命
都成為了我們
安放灰燼的地方
祖父與父親比鄰而居
蝴蝶預先知道了幽冥

夜晚如何開始

那是唯一的時刻
我不感到歡喜
也沒有任何憂懼
時間的陰影在我懷裡
我在無人知曉的通道上
發現了虛空也是
一種意義，一種不需要
思索及討論的能力

你要去哪裡？

走著走著我們背對風
背對著陽光與河流
我的生命也是一座
歧路隱伏的迷宮

告別

垃圾車來了
我的時間
又被少女的祈禱給收了去

完全黑暗的心

我又回到未知了
在完全暗下的浴室

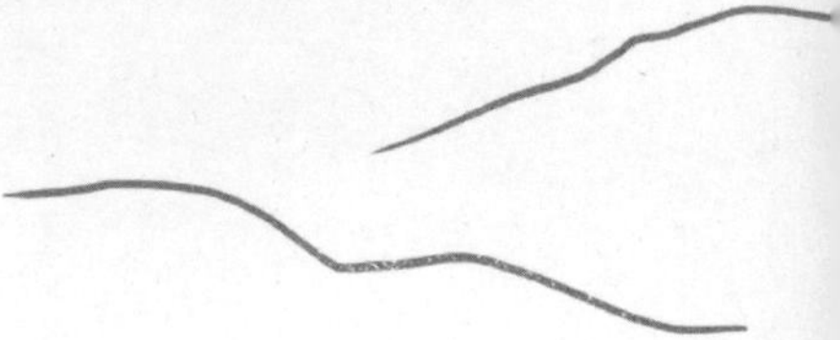

水聲沖刷我的靈魂
以及越來越重的身軀

穿過的那些回憶
都已經不合身

脫下變得破舊的一顆心
以後就什麼都不怕了

只是擔心突然的壞運氣
生命敗給那些黑東西

我是

我是你手機上的按鍵
是你眼鏡上的鏡片
是你錶上的指針
是你書頁的折痕

卷五

空無一物的房間

空無一物的房間

春雨在我的窗外開始
窗外的事物都覆蓋了聲音
以及無法顯現的變化

這樣是好的，如果不這樣
似乎也很好。世界在恆常的
訴說與傾聽之中

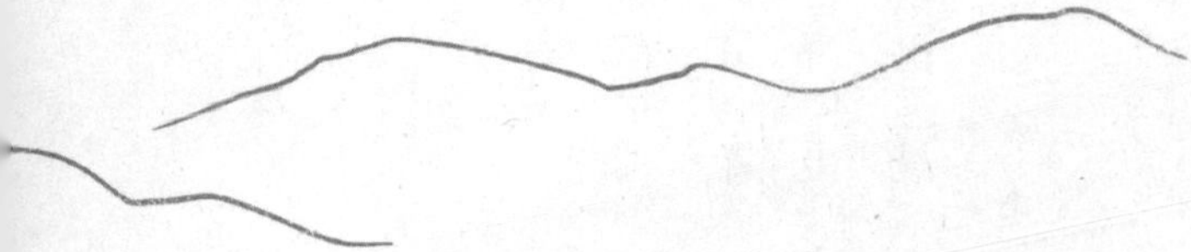

射擊——觀妮基作品有感

樂園已經是不可能的了
他們讓整座城市淹在水裡
把希望拘禁在嘴裡在傳單裡
眼睛傾斜，呼吸暫時停止
不可能的了，幸福已經是……

附記：妮基·德·勒法桑（一九三〇—二〇〇二），法國藝術家。她說：「畫作變成了死亡與復活的神幕。我射擊著我自己，射擊著不公的社會。我射擊我自身的暴力，亦射擊著時代的暴力。藉由射擊我自身的暴力，我不再像背負重擔一樣，被迫拖曳著自身內在暴力。」

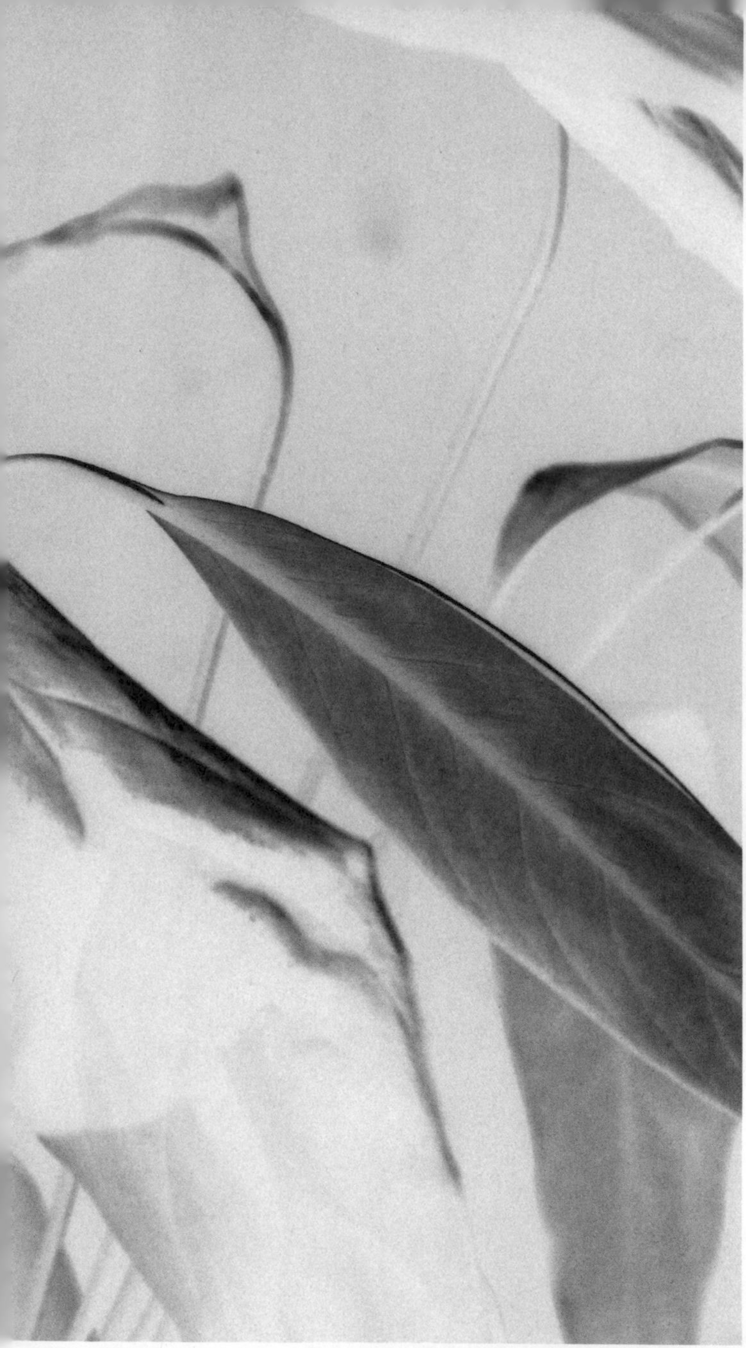

恐怖分子

他們都是喜歡說愛的人
只是看不見別人的信仰
聽不見別人的禱告聲

對這個世界恐慌的人

對這個世界恐慌的人啊
給我一個解釋
解釋不同種類的花
為什麼任意地盛開

對這個世界恐慌的人
害怕自己即將瘋狂、死亡
地下鐵的相遇
陌生事物來臨
都令他憂傷

他祈求一個
讓自己更加孤獨的房間
在裡面唯一能做的
就是等待病發
或是乾脆讓人生躺平
躲到世界的另一邊
他感覺心跳加速
呼吸困難頭暈胸痛冒冷汗
麻木顫抖刺痛灼熱感
所謂的自我
終於成為幻象

讓我與你同去

樹林中的白色小屋
鈴鐺花的聲音開滿

雖然有些事只能一個人做
雖然有些路只能一個人走
但是暫時讓我與你同去
離開這個沒有神的黃昏

塞拉耶佛所見

世界在我眼中，我的鏡頭帶著我
認識戰火延燒的此城
生命成為一條廢棄的河流
今天我有多快樂啊，那男孩對我說
一顆砲彈在身旁滾落竟然只像安靜的
種子安靜的死去沒有爆裂
你得相信，沒有任何人是安全的
沒有道德沒有英雄沒有拯救
沒有鳥在天空沒有星光在黑暗中

他微笑的說小心，巴爾幹的彈藥
你已經跨過生命的火線
那些和平條約都是戒菸宣言
行經他們無法告解的角落
我必須抽根菸，然後喝點酒
攝下蕈狀的雲籠罩四百萬人口
牧師一樣講道，卻講不過唯物論
教堂的鐘響也許蓋得掉罪惡
種族清洗的信仰依然嗡嗡作響

那男孩對我說，今天我有多快樂
可以吹著口哨走過心愛的女孩
繼續練習每一天，向前或向後閃躲

匍伏、跳躍、滾翻，也許還有徒手搏擊
寄出家書，我用流血流淚的相片寫日記
冬季的初雪有如莫札特安魂曲的弦聲
飄飛在廣場中央。你願意跟我一起祈禱嗎？
閉上孤獨的眼睛，就可以把整個世界忘掉
那男孩告訴我再沒有什麼，比生更殘酷
比死更溫柔。生命裡很多事與我無關
只是這一刻我不想勇敢也不想堅強

愛的教育

給他釣竿而不給他魚
給他星光也給他神祕
給他完整的紀律
在美麗與和平之間
找到一種說法
為了一點點收穫
努力轉動自己
打開書本，給他一個
乾淨的天地

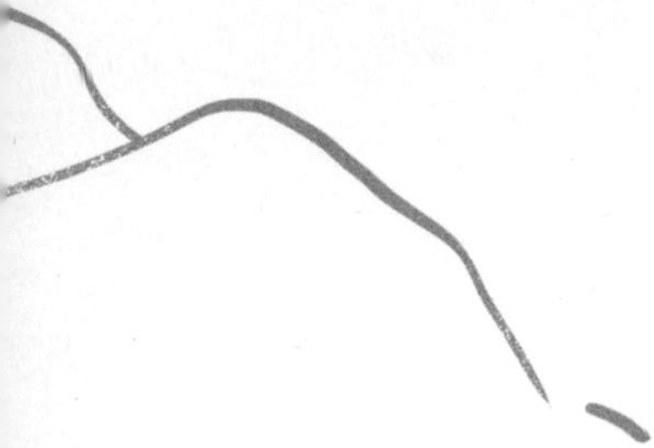

在知識裡感覺
自己的渺小
宇宙的無與倫比
給他瑣碎也給他完整
給他一個支點
但不一定舉起全世界
給他迷惘，迷惘的身體
給他罪惡來時的防衛武器
給他懷疑並且賦予
相信的運氣

給他一個夢，推開窗
讓遙遠的海洋停在這裡

你說的悲傷都已經過時了

冷鋒過境的夜晚
我們正好用回憶
阻止黑色的雨水
你說的悲傷
應該都已經過時了

幻影變得稀薄
無人能敵的歌聲中
可以坦然地對不起
自己

南下高鐵手記

我以為，穿越長長的
縣境之後，就可以
和往事照面
或是和另一種未來重逢

這是正午十二點整
準時出發的南下列車
高速移動的，不只是
這個完好無缺的世界
還有我堅硬的思想
不肯輕易繳械的心

台北捷運車廂內有感而作

給我一個靜止一秒的
世界好嗎？
靜止的一秒鐘裡我們
各自站立，仰望天上的星辰
想起從前，上一個季節
不知道為什麼流下的淚

不想知道的是
盛開的金盞花如何凋謝
不想知道，往事在黑暗中
如何自動熄滅。至於

我們說好的相信
究竟會被什麼封藏呢？

給我一秒鐘
當記憶都算數
讓我傳遞體溫
傳遞種種不可能的姿勢
以及變化不定的吻
遠方的山脈
或許正在飄雪
獨有一種冷，還有
一種堅毅
一種固執

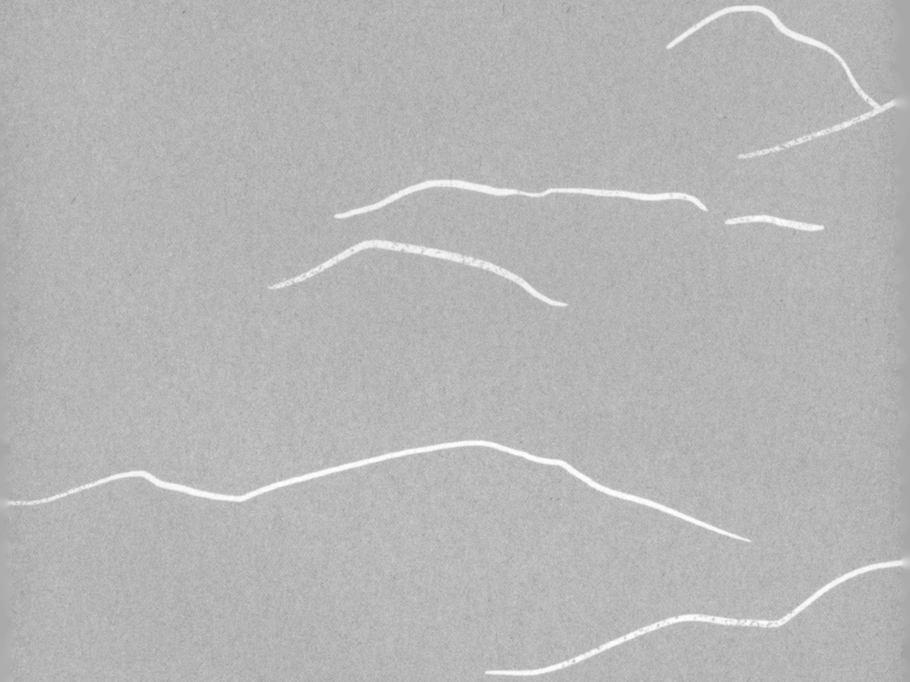

卷六

多謝款待

生命游擊

——讀切·格瓦拉畫傳擬代而作

我很好，只不過有輕微的
哮喘，與過多的理想
我很好只不過因為小感冒
被遺棄在時間的大床

熱情是我的彈藥，夠我狙殺不義
夠我帶著走進一座荒山
在世界的邊緣絕糧
我將結束我的慈愛
跟其他人一樣，由這個戰場敗退
到另一個不見陽光的地方
左手拿菸斗，右手持槍
我仍然迷戀真理以及希望

扶正扁帽上的星星，我說
「堅強起來，才不會丟失溫柔。」
知識和良心曾經令我絕望
只有音樂令我飽滿令我

能夠繼續溫柔的抵抗
這時候沒有吉他在手
我還要用鐵與血歌唱

所幸我並未成功
趕不上這世界的蒼老
最初的熱情陪我到最後
我知道我無法待在同一個屋子裡了
我也有虔誠的信仰，直到子彈用完
流星群把天空擦亮

就在無花果村
他們割下我的手

多年以後的年輕人
穿著我的理想我的頭
這一生已經足夠
夠我享用咖啡、雪茄、酒
夠我向著死亡前進
百合花在高原上擊發
天空傳來槍響

倒下的那一刻我記得
我沒有吉他在手

在葡萄園中

——致百合子

百合子在葡萄園中仰望
纍纍的日子終於成熟
那些陽光交錯的往昔
都和風候雨水有關

時間酸澀，時間甜蜜
時間的力量她已經嚐到
她為自己取一個白色的名字
採摘紫色的果實

她帶著自己的故事，帶著一顆
美麗的心，那足夠堅硬的武器
乃是為了更自由地存在
為了走進充滿未知的地方

為了設想一種可以換取的運氣
也為了那不需要任何憑藉的完整
不需要任何憑藉，她說已經明白了
在百合盛開的一季，在葡萄園中

艱難的孤獨

——深夜讀波特萊爾

那麼堅硬又艱難的，我的孤獨
終於長成不易破碎的玫瑰
在子夜時分任性地與世界分離
除了讓自己憂鬱
我並未對不起任何人
比此刻更加黑暗的
只有一顆心了
我聞到花園裡的腐爛與生機
所有事物進入時間
進入那無人知曉的寂靜裡

發光的麋鹿

一切看似平和美好，然而我為什麼要掉下眼淚呢？
這個淒冷的冬季，真是把許多人打敗了。
就在這樣的時刻，一點點光亮，就能帶來安慰。
有時歡笑，有時哭泣，這不就是人生嗎？
有時相聚，有時別離，這不就是人生嗎？
我還是要昂首挺胸，大步大步向前的。
或許也曾膽怯，或許也曾迷茫無措，然而這時刻映射著過去、映射著未來，謝謝我最親愛的所有人，用陪伴溫暖了彼此的記憶。
聖誕快樂。將發光的麋鹿送給親愛的你。

與愛有關的事

這些年，我熱中採集
陌生人的善良，這樣才能

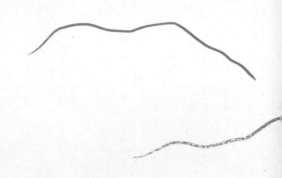

從一個冬夜走到另一個冬夜
並且相信，有些東西
永遠不會被時間摧毀
我們的失敗也已經
都被月光治癒了

街角傳來鐘聲
青鳥啁啾的時候
你告訴我一則神話
讓我把願望折疊在心裡
將虛無還給洪荒
那就是了吧，諸神無事
只留下愛的證據

神奇寶貝五首

蝙

暗中有我，完全黑暗的心
可以張開雙翼可以收起
我喜歡回到一切
還沒有被分類的那種狀態
那種珍惜孤寂的聲音

鹿

草原中的草原，我追逐
未知的時光。希望全世界忘了我
我忘了我，什麼都沒有的我
回頭就是牽掛，那可能
就是我感到痛苦的原因

獸

討厭接吻變成吸吮
討厭缺乏愛意的觸摸
討厭性器不合
討厭霪雨深入內心
討厭世界沒有盡頭

龜

我的專長是緩慢
吐納時間的消息
偶爾探出頭來偶爾縮頭
將每一個瞬間都想成是
地老或者天荒

鶴

除了想像我已經無所憑靠
當乾淨成為一種奢求
霧霾占滿靈魂
我帶著淚水以及絕望
朝向永恆繼續飛翔

不會怎麼樣

我討厭不會微笑的月光
也厭倦了太過虛假的擁抱
不知道為什麼還是走到了這一天
頭也不回，背影跟背影對望
我和你僅僅只是一步之遙
一個轉身之後，一種人生有兩種方向
愛已經熄滅了，也不會怎麼樣

鴿子飛來

——叩別李錦燕老師

但願我有翅膀像鴿子
我就飛去得享安息——詩篇55

如今憂傷是一頭野鹿
在草木叢生處茫然四顧
如果淚水可以拿來編織
人生是怎麼一回事？

你就要隻身走向永恆
走向你永遠的故鄉
願所有星辰成為你的綴飾
有那麼多燦亮的小石頭陪伴
你一定不會寂寞了
願好風吹拂，鴿子飛來
時間的歌裡寫滿日昇與日落
這個世界仍然，如你所愛的那樣……

如你所愛的，永恆化為真實
讓時間消失，讓每片樹葉後面
都藏著天使

多謝款待

——叩別趙湘娥老師

太多的來不及與太多的捨不得
占據了無聲的夏日午後
從前我們瀟灑談論死亡，然而
今天的難處只有今天才知道
令我們口乾唇燥的事突然發生
報信的人來了又馬上離開

獨坐之時想起你永恆的睡眠
迴游式庭院借來了遠方的山景

借來了過於湛藍的天空
日影開始歪斜，借走了眼淚
我想借用一下你說過的話語
安慰每個想念你的人

旅行時寄給你一張明信片
上面畫著夏天才開的花
還有許多話想說，譬如飲食和旅行
過日子的方法，祝福你健康快樂
以及這麼多年，多謝款待

附記：

十年相伴的最初與最終，記憶中的阿娥老師一直在為我們張羅飲食。她藉由食物飲宴，分享了人生的溫暖。與她最後一次聚餐談話，她提及退休前想要辦個餐會請大家吃飯，來參加的人都不用出錢。能夠與這樣好的長輩一起吃飯，是莫大的福分，我非常珍惜。與她吃飯喝酒，也從來都是開心的。阿娥老師離開後，同事傳訊息告訴我，「要好好愛自己，關心你的人少一個了！」那時聞言大慟，不知道如何收拾自己的情緒。

旅途倒數第三天，因重感冒而鎮日昏睡的我接到噩耗，更覺得茫然無依，決定隔日去寺裡誦經、抄經，為阿娥老師的遠行默禱。

御室仁和寺附近，有一家御室さのわ咖啡。咖啡館裡只有兩個員工，一位年長女性（店長），一位年輕男子。男店員幫我點餐送餐，便安靜地佇立吧檯後。館內放著莎拉布萊曼，背對店員滑著手機的我，聽著聽著忽然默默掉淚。Time to say goodbye，告別的時刻，迴盪在幽靜的咖啡館裡。女店長來到身邊，問要不要喝水。來不及擦去的眼淚，都被她看見了。她沒多說什麼，只是幫我倒了一杯水。這裡咖啡極好，甜品也出色，我想，是趙老師會喜歡的。

結帳離開時，優雅的年長女士問我從哪裡來，我說台灣。還用日文對她說，多謝款待。這也正是我想對趙老師說的。她微微一笑，跟我互道再見。

接著再坐一段嵐山電車，就是妙心寺。繳交抄經費，找個位子抄寫心經。抄經時有一陣芳香湧現，我告訴自己，趙老師已在永恆的平靜慈悲之中了。一筆一畫，都是時間，我突然有了明白之感。那種明白、寧定之感，就像在仁和寺看到的一面木板拉門上的繪畫。整幅圖畫以柔和的鵝黃色為基底，羽翼潔淨的仙鶴在飛翔。

國家圖書館出版品預行編目 (CIP) 資料

島語／凌性傑作 .-- 初版 .-- 臺北市：麥田，城邦文化出版：家庭傳媒城邦分公司發行，2017.11
面； 公分 .--（麥田文學；302）
ISBN 978-986-344-505-0（平裝）
851.486 106018074

麥田文學 302

島語

作者 凌性傑
責任編輯 張桓瑋
國際版權 吳玲緯 蔡傳宜
行銷 艾青荷 蘇莞婷 黃家瑜
業務 李再星 陳美燕 杻幸君
副總編輯 林秀梅
編輯總監 劉麗真
總經理 陳逸瑛
發行人 凃玉雲
出版 麥田出版
城邦文化事業股份有限公司
104 台北市民生東路二段 141 號 5 樓
電話：(886) 2-2500-7696
傳真：(886) 2-2500-1966、2500-1967
發行 英屬蓋曼群島商家庭傳媒股份有限公司城邦分公司
104 台北市民生東路二段 141 號 2 樓
書虫客服服務專線：(886)2-2500-7718、2500-7719
24 小時傳真服務：(886)2-2500-1990、2500-1991
服務時間：週一至週五 09:30-12:00 · 13:30-17:00
郵撥帳號：19863813 戶名：書虫股份有限公司
讀者服務信箱 E-mail：service@readingclub.com.tw
麥田網址 http://ryefield.com.tw
香港發行所 城邦（香港）出版集團有限公司
香港灣仔駱克道 193 號東超商業中心 1 樓
電話：(852) 2508-6231 傳真：(852) 2578-9337
E-mail：hkcite@biznetvigator.com
馬新發行所 城邦（馬新）出版集團【Cite(M)Sdn. Bhd】
41, Jalan Radin Anum, Bandar Baru Sri Petaling,
57000 Kuala Lumpur, Malaysia.
電話：(603) 9057-8822 傳真：(603) 9057-6622
E-mail: cite@cite.com.my
封面設計 莊謹銘
內頁排版 陳采瑩
印刷 前進彩藝有限公司

2017 年 11 月 2 日 初版一刷
定價 350 元
ISBN 978-986-344-505-0

高雄市政府文化局書寫高雄出版獎助